KB044354

문학과지성 시인선 284

수도원 가는 길

조창환 시집

문학과지성 시인선 284
수도원 가는 길

펴낸날 / 2004년 2월 24일

지은이 / 조창환
펴낸이 / 채호기
펴낸곳 / ㈜문학과지성사
등록번호 / 제10-918호(1993. 12. 16)

서울 마포구 서교동 363-12호 무원빌딩(121-838)
편집 / 338)7224~5   FAX 323)4180
영업 / 338)7222~3   FAX 338)7221
홈페이지 / www.moonji.com

ⓒ 조창환, 2004. Printed in Seoul, Korea

ISBN 89-320-1482-5

문학과지성 시인선 284

수도원 가는 길

조창환

2004

시인의 말

    지상에서의 삶이 누리는 그리움과 아쉬움, 서
늘함과 따뜻함, 허망함과 황홀함이 소름 돋도록
아름다운 날들이 있었다. 이 시들은 은총에 관한
기록이면서 허무에 관한 명상이기도 하다.

2004년 2월
조창환

수도원 가는 길

차례

▨ 시인의 말

제1부
수도원 가는 길

붉은 밤

시뻘건 달이 한 아름 넘는
지평선 앞에 마주 서서
평원을 가로지르는 고속도로를
트럭들이 폭포처럼 쏟아져 달려가는
저녁 무렵, 동녘 하늘 바라보며
소스라친다
누구든 꿈꾸었던 땅은 세상에 없구나
눈 홉뜬 나무들 늘어선 길 끝에
그리움, 꽉 조인 청바지처럼 뻣뻣하다
왈칵 고꾸라지는, 총 맞은 병사 같은
붉은 밤 속으로
고개를 깊이 꺾으며
무너진다

——이제 알겠니?
   네가 꿈꾸던 땅은 바람 속으로
   벌써 산발을 하고 지나가 버린 것을

무지개

잠깐 사이, 평원에 구름 걷히고
무 지 개!
튼튼한 뿌리를 지평선 양쪽에 내린
수만 개의 찬란한 눈알맹이들이
흘리는 눈물들이 이루는 폭포
아아 얼마나 오래전부터 내 속에서
저 눈알맹이들은 하프 소릴 내면서
불타고 있었던 것일까
아아, 또, 그러나, 허공에서 외줄 타던
곡예사가 발 헛디뎌 추락하듯, 그렇게
순식간에 무너져, 스러지는
무. 지. 개.

허망하므로, 차라리 눈부신
황홀
황량한 고요 속으로

이것 때문에 한 목숨이 그토록
아름다운가

길

돌아보면 시커먼 구름 기둥
저 무참한 폭우를 뚫고
지나왔구나 삶은 한 가닥
바람인 것을
번개 자욱한 구름 속의 길을
헤치고 여기까지 왔구나
잠깐 숨 돌린 후
군청색 햇살 맞으며 까마득한
길 돌아다본다, 여기서 보면
멀 다
최루 가스 자욱한 어느 날
피에 젖은 태극기 펄럭이던
서대문, 광화문
효자동, 삼청동
길은 없고, 다만 시커먼 구름 기둥
하나로 남은 시간뿐

눈물 그렁그렁한 칼끝으로
파도 같은 땡볕 긁어내는
소리 울릴 뿐

수도원

벌써 몇 시간째인가 인적 없는 금요일 오후 잔디 광장에는 계절의 끝을 알리는 매미 소리만 가득하고 해 그림자 길게 떨어진 나무 밑에서 寂寥는 하얀 구더기처럼 바글거릴 뿐 이곳은 몽세라트의 바위산 중턱에 깎아 넣은 수도원처럼 고즈넉하다 허공에서 달을 향해 뛰어오르던 사나이의 신음소리도 사라진 지 오래, 다만 흰 뼈 같은 시간의 벼랑 끝으로 외로운 결의를 지닌 쓸쓸한 얼굴 하나 자맥질하는 것이 보인다 그 숨소리 속에 잠긴 수도원에선 삼종기도 소리도 들리지 않는다 지구의 반대편에 있는 다른 수도원을 향해 속으로, 처연하게, 출렁이는, 거칠거칠한, 파도 소리만 울릴 뿐이다

오래 길든 당나귀 같은 숨소리 잠시 쉬게 하고 쓸쓸하지만 자유로운 수도원 정원을 거닐 때 이 아슬아슬한 폐허에 스치는 바람 껴안고 비스듬히 기울어지는 다른 숨소리 하나 만난다

항아리

오랫동안 나는 항아리에 담긴 것이 어둠인 줄로 알았다

항아리에 귀 대고 들으면
우웅우웅 울리는 것이
어둠이 내는 소리인 것으로 생각했다
어둠은 깊고 따뜻하고
부드러울 줄로 알았다

가슴속에 항아리 하나 품고
평생을 어루만지며 사는 사람이 되려
나는 얼마나 많은 것을 일찍이 포기했던가

깊고
따뜻하고
부드러운
어둠을 껴안기 위해
나는 번쩍이는 도끼를 버렸다

그런데, 이제, 항아리 속을 들여다보니
거기 담긴 것은 어둠이 아니었다

부서진 꽃, 흩어진 뼈, 몇억 몇천만 년의
고독과 침묵
그런 것들이 그르렁거리며
몸부림치고 있었다

항아리를 차라리
가슴속 깊은 곳으로
밀어 넣고, 오늘부터
내가 항아리가 되었다

항아리가 된 나를
어둠의 깊이와 따뜻함과
부드러움을 사랑하는 누가 와서
쓰다듬어 다오
내가 눈물로 그르렁거릴 때
그대는 우웅우웅 운다고 말하며
부드럽게 어루만져 다오

16

혼

혼을 풀어 놓고 왔으니
이쯤에선 홀가분해져야 할 텐데
가을날 붉은 잎 사이로 쏟아지는
빳빳한 햇살 한 덩어리 만나면
왜 목구멍에 울컥 핏덩이 같은
울한 치밀어 오르는 것일까
피에 젖은 런닝셔츠 찢어
이마에 동여맨 형들을 따라
서대문에서 적선동까지
뒤따라가며 마른 침 뱉아내던
저 괴물 같던 길
지금, 여기, 막막한 가을
풀 먹인 햇살 나뒹구는
또 다른 길 앞에 서서
잠시 숨 고르기 할 때
바람 분다
시간을 훑어가는
陰影 짙어지고
거기 풀어 놓은 사랑과 그리움
동여맨 핏자국 같은

한량없는 길을 따라 나뒹군다

총 맞은 혼은 영원히
총 맞은 혼으로
남아 있다

오줌 누며

벌써 삼십삼 년 전이구나
눈 쌓인 도봉산 기슭에 서서
튼튼한 오줌발로 한 여인의 이름을 쓰던
아름다운 날이 있었다
끊어진 끝 글자의 마지막 획은
부서진 솔잎 사이로 찬란하게 쏟아지던
햇빛 가루가 메꾸어 주었다

벌써 칠 년 전이구나
솔트레이크 지나 웬도버 가는 길
소금 벌판 한가운데 자동차를 멈추고
후미진 길가에 아들과 함께
자지를 꺼내들고 나란히 서서
느리게 오줌 누던 눈부신 오후

그리울 땐 오줌 누며 살아왔구나
오줌 누며 하늘 쳐다보면
포도 알처럼 또렷한 새들 박혀 있는
하늘 내려왔다, 와서
어깨를 껴안으며 웃었다

그러나, 이제, 이 안타까운 오줌발로
누구 이름인들 끝까지 쓸 수 있으랴
대양을 건너는 무역풍 같은
내 지나온 길, 돌이켜보면
쓰라려 아름다운 바람 같은 것
녹물 자국 여기저기 묻힌
낡은 벽화 같은 것
함부로 자라다 시든 풀처럼
흩어져 있다, 누구 이름인들
무섭지 않으리

잠시 쉴 때, 팽팽한 오줌통 비우고
황량한 길 바라본다

염소

이리 호수 한가운데 배스 섬으로 들어가며
호수 저편을 본다, 막막하다
호수와 바다가 다른 것은 물결 모양일 뿐
수평선은 수평선, 갈매기 몇 날개를 펴고 따라온다
왜 이 섬엔 염소가 없을까
쑥부쟁이 함부로 뒤엉킨 바위틈을 들락거리는
염소, 까맣고 야윈
왜 없을까, 벼랑도 없고 그러므로
고독도 없어서일까
미네와카 호수에선 염소 비슷한 것을 보기는 했지
억세고 날렵한, 둥글고 힘찬 뿔을 뽐내는
그러나 그것들이 고독을 알까
산양은 산양, 염소가 아닌 것을
홍도 가는 배, 바람 사나운
뱃길에서 바라본
염소, 남해 아무 무인도에서나
노을에, 매애매애, 울음소리 섞어 날리는
아 그 기막힌 염소
까맣고 야윈

바라만 보아도 눈물 고이던
우리나라 염소,
까맣고 야윈

당나귀

염소 대신
당나귀는 어떨까

황토 먼지 자욱한
저녁 길
뿌옇게 흐린 잔등에
한 무더기 봇짐 얹고
투벅투벅
걷는

당나귀

땀 젖고 지친

길 없는 물

바다가 배를 띄우는 것은
홀로 설레기 부끄러워서일까
검은 바다 갈라 흰 물살 일구며
배는 춘향이 그네 타듯이 너울거린다
길은 앞에 보이는 것이 아니라
지워질 물살 헤쳐 길게 이랑 일구는
뒤편에 있구나, 저렇게, 우리 살아온
흔적 지워가며, 길 만드는 것을
알면서, 간다, 길 없는 물
가득하여 빈 곳 하나 없는
바다가 제 몸 열어 주는 틈새로
잠시 헤쳤다 잊혀지는 캄캄함
황금 화살 같은 노을 쏟아지는
설레는 물 한복판에서
감히 寂滅에 관하여 생각하느니
눈 비비고 불러도 들리지 않을
잿간의 먼지 같은 한 생이여
덧없어 평안하고 부질없어 고마운
살아온 날들 잘 지워진다

남루에 대하여

저 물빛, 맑아서 속 보이지 않는
바다 바라보며 한나절 흔들거린다
그물침대 위에서 발바닥의 밀가루 같은 모래
쓰다듬으며 바람 받는다, 시간이
풀어진 잉크 빛으로 수평선 저쪽을 향해
운다, 쓸쓸해서 우는 것일까
그럴지도 모르지
너무 맑아서 잔혹한 정적만 남고
아무것도 없다 비췻빛 앞바다와
남빛 먼바다 사이에는 이상한 침묵, 이승과
저승 사이 같은 정적만 남아 있다
슬픔도 조심스럽지 않은가 함부로 삶을
비아냥거린 죄 어찌 갚으려고 내 여기까지
와서 쉬는가
바람 앞에 남루하지 않은 생이 있겠는가
라고 씌어 있는 시집 읽으면서, 아아, 남루란
말 함부로 쓰지 않겠다고 다짐한다 나는
눈 벌겋게 충혈된 삶 헤쳐 여기까지
와 쉬게 하시는 하느님, 이 미어지게
쓸쓸한 가슴 안고

고마워 울다가 나 세상의 웃음거리 되거든
그 남루 받아 주시고, 저 물빛
맑아서 속보이지 않는
바다 그냥 남겨 주소서

나는 늙으려고

나는 늙으려고 이 세상 끝까지 왔나 보다
북두칠성이 물가에 내려와 발을 적시는
호수, 적막하고 고즈넉한 물에 비친 달은
붉게 늙었다 저 괴물 같은 아름다운 달
뒤로 부옇게 흐린 빛은 오로라인가
이 궁벽한 모텔에서 아직 다하지 않은 참회의
말 생각하며 한밤을 깨어 있다
언젠가는, 반드시, 어디론가 사라질
삶, 징그러운 얼굴들 뿌리치려 밤새
몸 흔드는 나뭇잎들, 아주 흐리게 보이는
소리 사이로 눈발 같은 미련 섞여 있어
눈물겹다 세상의 길이란 길
끝에서는, 삭은 두엄 냄새 같은, 편안한
잠 만날 줄 알았건만 아직 얼마나 더
기다려야 저 기막힌 그리움
벗어 놓는단 말인가 부끄러운 나이 잊고
한밤을 여기서 늙어 머리 하얗게 세도록
바라본다 허망한 이승의 목숨 하나가
몸 반쯤 가린 바람 사이로 흔들리는 것을

눕는 호수

어둠과 호수가 서로의 잔등을 쓰다듬으며 끌어안고
잠 속으로 내려가는 것이 보인다
천천히 아주 느리게
고요하고 매끄러운 손이 시간의 뿌리들을
감싸 안을 때
풀어진 바람 소리들 흔들리다가, 희고 두터운
그림자 속으로 가라앉는다
천천히 아주 느리게
이 세상에 오기 전 저 물속에서
흔들리는 풀이나 떠다니는 알로써
잠을 끌어안고 숨 쉬고 있었던 것일까, 나는
눕는 호수가 어둠을 받아들일 때
물렁하게 엉긴 혀 같은, 누그러진 소리들이
질척거린다
물과 어둠이 만드는 틈, 켜켜이 포개진 잠의 문
을 어루만지며, 별 없는 밤
한때 팽팽하고 완강했던 누군가의 살갗이
힘을 풀고 세상의 소리들을 끌어당겨
제 속으로 깊이깊이 빨아들이는 것을 본다

물의 침묵

침묵하는 것이 어찌 물뿐이랴

나뭇잎 하나마다 우주가 담겨 있어
침묵은 가을 숲길에도 가득하다
촛불 같은 말간 열매까지 다 떨구고
몸의 물기들 털어 버린 나무들
벌건 아가미 벌름거리는 비린
물고기 되어 퍼덕거린다
뻘밭에 기어 다니던 소금기 많은
바람, 부풀어
여기까지 왔구나, 와서
고단한 이마를 기댄다
저 아득한 가을 숲길 끝에 머문
이상한 호수, 녹색 그늘이 풀어지는
그곳에 물의 침묵이 기다린다
느리고 긴 어둠을 향하여
오래된 악기를 가라앉히는
물, 침묵하는

아주 낯익은 친구처럼

나는 쉴 수 있다

이슬

이슬 내린 풀밭이라고 말한다, 사람들은
이슬은 허공이 벗어 놓은 옷, 허공이
풀어 놓은 살, 허공이 남겨 놓은
그늘인 줄 안다
아니다, 그렇지 않다
오늘 아침 맨발로 이슬을 밟을 때
풀밭이 진저리치며 흐느껴 운 흔적을 보았다
밤새 풀밭이 어둠을 끌어당겨
몸부림친, 핏자국 같은 것
제 안의 물기 모두 품어 올려
적셔 놓은, 젖은 수건 같은 것
지친 눈물 자국 같은 것으로 풀밭은
쓰러져 있었다, 행복하게
쓰러진 풀밭에, 질펀하게, 번진
이슬 쓰다듬으며, 나는, 지상의 행복이란
모두 울다가 지친 흔적인 것을 알았다
아침 해가 퍼지기 전, 황급히
풀밭이 이슬을 거두는 시간
부끄러운 속내를 들킨 풀밭이, 민망하여, 제 손으로
제 얼굴을 감싸는 것을 보았다

西向窓 1

새들이 그늘에서 논다 아이들과 새들이

섞여 있다 그늘이 천천히 환해진다

순한 그물이 허공에서 내려와

먼 마을의 저녁연기를 흐리게 한다

그렇게 지구 저편까지

풀어진 물감 같은 음악이 닿아 있다

西向窓 2

손등으로 쓸어 본, 아슬아슬하게 마른

볼과 목덜미께로, 아아 파르르 떨던

슬픔 하나가 흔들린다, 그렇게 지구 저편으로

덧없는 황홀, 흐리고 환한

눈물 하나가 사라진다

거울

여기에 비추어 볼 수 있을까

빽빽하게 들어찬 푸른 풀밭
사이에 빈 공간이 한 점
歸順하고 싶은 얼굴이다

맑고, 선명한
새들 지나간 자국 따라
섬광처럼, 꽃잎 지는 소리

구석을 사랑하던 나는
뒹군다, 구석이 빼곡하게
들어찬 잔디 속에서

잔디로 된 거울 속으로
빨려 들어가던 혼이
보이지 않는다, 너무

맑아서 슬픈 얼굴만
남아 있다, 아무래도 나는

전생에 복을 많이 지었나 보다

새

차갑게 반짝이는 공기를 뚫고
마른 가시덤불 사이로 푸드득 날아오르는
새

햇빛의 맨살에 두 볼을 비비며
순색의 얼음장 속으로 빠르게 박히는
새

유리로 만든
항아리

금가루 쏟아지는 푸른 철로를
빈 하늘에 곧추세우는
새

눈 내린 숲은 지상에서 가장
울림통이 큰 슬픔이 되었다

포옹

저녁마다 만 마리도 넘는 새들이 날아와
까맣게 하늘을 뒤덮고 서로 몸 부비다가
와아와아 얼음 풀리는 소리 울리며
저 어마어마하게 큰 나무 속으로
깃을 내린다
나무가 휘청이도록 새를 끌어안으며
밤 깊도록 제 안의 강물 품어 올려
그 체온으로 덥히는 보금자리
곁에 펼쳐진 풀밭, 맨발로 밟으며
나는 힘찬 잠 속으로 들어간다
나무가 휘청이도록 새를 끌어안는
아찔한 꿈속으로

누에

고치 속에서 누에는 잠들어 있을까
꿈꾸고 있을까
혹시 울고 있는 것은 아닐까

저마다의 고독한 집 한 채씩을 짓고
그 속에 웅크린 누에를 보면
나는 그것들이 다만 시간을 죽이고
있을 따름이라고 생각할 순 없다
캄캄한 결박 속에서, 누에들은
제 똥구멍을 제 입으로 핥으며
싸우고 있는 것은 아닐까
사람들은 어느 찬란한 봄날
배추밭을 팔랑거리는 부드럽고
연한 나비를 사랑하지만,
(누에더러 물어 봐──벌레의 목숨은
그렇게 아름다운 것 아녀!)
누에가 얼마나 쓰라린 어둠 속에서
울다가 싸우다가 지쳐 고꾸라졌는가는
모른다. 모르니까 그들은
누에가 다만 잠잔다고 말한다

잠자다 깨어 허물을 벗는다고 말한다
(누에더러 물어 봐——어떻게 자다 깨어
허물을 벗겠나? 싸우다 지쳐 쭈그러진
주름을 보여 주랴?)

가끔 꿈꾸며 잠잔 누에들은
결박 뚫지 못하고 죽는다

감나무

오래전에 나는
감나무 없는 나라에서 살기를 꿈꾼 적이 있다

황토흙 질퍽거리는 동구 앞길을 들어서면
짚으로 이은 지붕에서 떨어지는 굼벵이들
퍽퍽한 부엽토에서 풍기는 지린내
비 오는 날은 지렁이 울음소리가 장 달이는
냄새에 섞여 끈적거렸다
습하고 어두운 대청마루에 매달린
피곤한 그늘
맨발로 삘기 뽑아 먹던 아이들은 잠들고
마당엔 흰 감꽃들이 우수수 떨어져
얼룩을 만들고, 밤이 깊었다, 어른들은
수상한 낯빛으로 숨을 죽이고
괴물 같은 수송기는 밤에도 천천히
떠다녔다, 낮게 나는 소리개 피해
구멍으로 숨는 뱀처럼, 어른들은
수상한 낯빛으로 숨을 죽이고
그해 여름은 감꽃이 일찍 졌다

오십 년이 지나 감나무 안 보이는 나라에 왔다
여름에서 가을로, 흐린 유리 닦듯이
계절이 넘어갈 때
감나무, 감꽃, 감 생각하며
바람 몰려가는
하늘 본다, 흐린 유리 같은
시간이 자욱이 퍼져 있다

望樓에서

밤은 뼈가 시리게 춥고
낮은 피가 녹도록 뜨거운
사막을 만나는 수가 있다
고원이기도 하고
평원이기도 한 곳
그런 곳에서는
광대같이 홀로 흐느끼며
한 줌 모래 먼지 같은
낡은 판화 한 장으로
얼굴 없는 달과
들까마귀 떠 있는
하늘 만날 뿐이다
허공에서 녹는 눈발처럼
삶이 한갓 不在의 늪인 것을
내려다보는
望樓에서의 眺望은
왜 이리 황홀한가

얼음낚시

지구 저편에서 누가
얼음낚시를 하나 보다

잎들이 파르르 흔들릴 때
아주 가느다란
숨구멍들이 파닥거린다

팽팽한 빛이
빙판에 튕겨 오르는 허공

붉은 은어 비늘 몇 조각이
손바닥에 떨어진다

아아 지구 저편에서 누가
얼음낚시를 하나 보다

말씀

이 어리석은 것아

바람 부서뜨려, 바싹

마른 우박 쏟아 떨구는

단풍 보아라

불타는 알전구 같은

낮달 잡으러

수십 년 퍼덕거린, 너는

벗어던진

참매미 껍질이냐?

남극을 그리며

끝에서 바라보는 끝은 어떨까
허무가 기다리는 빈 하늘
바다와 하늘이 몸부림치며 부여잡고
질탕하게 눈물 펑펑 터뜨릴
수평선, 수평선 너머 텅
빈 어둠, 어둠 너머 꽉
찬 광채, 아아 그곳에도 공기가 있을까
있다 한들, 내가 쉴 숨 남겨져 있을까
케이프포인트*에서도
나탈**에서도
노르카프***에서도
나는 만나지 못하였다, 시간이
제 손으로 제 목을 비틀어 쥐고
콸콸, 뻘건 피 뿌리며 고꾸라지는
무르익은 석류 탁 터지듯
끝에서 펑 터지는 통곡을
만나지 못하였다, 나는
다만 실성한 파도가 바람의 허리를 으스러지게
끌어안고 곤두박질쳐 사라질 뿐
무슨 미련이 저렇게 많아, 시간은

소리치며 달려나가는 것일까
어디로?

겨울이 가기 전, 푸른 빙산 쪼개지는
얼음 바다 한복판에
낯익은 새떼들 까맣게 떠오를 때
끝에서 콱 막히는 숨
끝에서 콱 거두는 숨
언젠가는 반드시 만나게 되리라
지상의 사랑이란, 끝에서는, 반드시
폭격 맞은 수평선 너머
텅 빈 벼랑으로
고꾸라지게 되어 있느니

  * 케이프포인트: 아프리카 대륙의 남쪽 끝.
 ** 나탈: 남미 대륙의 동쪽 끝.
*** 노르카프: 유럽 대륙의 북쪽 끝.

독약 같은

먹을수록 허기지는
순금의 탄식이다

시퍼런 면도날 하나로
썩둑 그어 버린
모닥불이다

수정 구슬 속의
번개 자국이다

저 무명의 캄캄한 살 속에
들이붓는

독약 같은
그리움

신들의 집

어제는 만년설 덮인 레바논의 계곡에서
오른손에 채찍을
왼손에 번개를
두 마리 황소를 거느린 이국의 신전을 만나고
오늘
희고 아득한 하늘
사하라에 오다
시간이 끓듯 사막이 끓는다
열사의 태양이 흰 뼈를 바수어
한 금 지평선을 이룰 때
뜨겁던 열락의 신들은 모래사막 저편에
쓰러졌다
바람이 분다
물방울 같은 천 년이 해골이 되어
스쳐간다, 영원도 여기서는
펄펄 끓을 뿐

무서워 아름다운 폐허에 와서
한 장 낡은 마른 잎 같던
한 생의 안타까움

돌이켜본다
끓다가 바스라진 그리움들이
녹슨 피리 소리 내며
바람 속으로
사라진다

하늘과 땅 사이에

하늘과 땅 사이에 아득하구나

홍시 같은 마음 하나
붉게 매달려
동짓날 예수처럼
떨고 있구나

하늘과 땅 사이에 아득하구나

물비늘 번져나듯
아릿한 산하
서릿길 참대처럼
서늘하구나

흰 밤

침묵이 희게 빛난다

별들이 떡판에 찍힌 국화잎처럼 박혀 있다

캄캄하게 언

흔적들 얼음 속에서 단단하게 운다

가득할수록 외로워 보이는

낯익은 정적

몸서리치게 흰

밤

보름밤

수평선 저쪽에서 붉고 큰 달
솟아 부풀어 오르고

환해진다

대기는 제 무게로 삭은 열매처럼
가라앉았다

방파제 너머 드문드문, 배들이
흔들린다

허름한 침묵, 흐린 유리창 같은
보름밤, 희게 빛날 때

바람 앉았다 일어난 자리들
불룩불룩하다

비린내
끈적한 갯벌에 오줌 갈긴다

스케치

시멘트 옹벽 틈새에 잡풀들 푸석거리는
풍경, 삭은 함석 지붕 위 모래흙에 핀
망초 꽃, 그런 안쓰러움 어디서 만날까
도시는 텅 비어 있고 낡고 큰 집
벽에는 붉은 페인트로 씌어 있다
——God Bless America!
——United We Stand!
사람을 무서워하는 자동차들이
빠르게 지나간다
구정물 뿌려 주고 손 벌리는
눈빛 검은 얼굴들 벽에 붙어 서서
본다, 약에 취했는지 쓰러져 잠든
검은 덩어리도 사람일 게다
저 사람들이 옹벽에 돋은 풀을 알까
쇠비름이나 바랭이, 강아지풀 같은
잡풀들 몸 흔들며 황사바람 견디는
풍경, 거대한 아메리카에는
없다, 적의에 번득이는 눈빛
눈물 대신 폭력을 감춘
침묵, 불안하고 불길한

쨍쨍한 대낮이 있을 따름

디트로이트 다운타운
갈색 폭격기 조 루이스의 해머 같은
쇠주먹이 전위적으로 매달려 있는
낯선 하늘 아래
금 가 부스러진 옹벽 그리며
본다, 바랭이나 쇠비름 흔들던
바람, 거대한 아메리카의
탄식.

침

나는 내가 속한 종족이 이 세상에서
가장 착하다고 믿지는 않는다
물론 가장 아름답지도 않고
금수강산 백의민족 못이 박히도록 들었지만
겪어 보니 내 종족은 보통 종족이다
보통 아닌 것이 한 가지 있긴 한데
그악스러워 제 살 제가 후비는 것
제 똥 제가 뭉개는 것
나는 내가 속한 종족을 향해
침 뱉는다
가래침, 공중에 퍼진, 제 얼굴에 받으며
내가 우는 것은 내 종족이 더럽기 때문이 아니다
똥 같은 내 종족, 보통 종족
나 없어도 잘 살, 끝내 주게 잘 살
화상들 생각하면 오금이 저려
눈물겨워 맨살 비비며 까무러치고 싶기
때문이다

칼

저 무식한 사람 칼을 함부로 두네
생각하며 남의 부엌에 놓인 식칼 감춘다
칼 있어야 밥 먹는 종족인 줄은 알지만
저 시퍼런 칼, 손 닿는 데 두지 말라는
내 맘 알까, 시퍼런 칼이 신 내린 계집처럼
할끗 웃어 주면
나 무슨 짓 할지 몰라
찌르고 베고 긋고 자르고
푹, 썩, 휙, 싹
아아, 칼 생각하면
쌀 것 같애

나 사랑이 많아
살아서 세상 끝 찾아가는 날
손 닿는 데 칼 있으면
나 무슨 짓 할지 몰라

부용산

부용산 어디 있나 나는 몰랐네
뱀사골 계곡 지나
피아골까지
부용산 노래 불러 달을 보았던
사람들 어디 갔나 나는 몰랐네
봄밤에 비 내리고
매화 지는데
저 땅에 붉은 눈물 아득하구나
봄밤은 다시 오고
비도 내리고
매화꽃 정처 없이 흩어지는데
아득하구나
누더기 같은 나라
찢어진 집들
세상은 누에처럼 잠들어 있네

늙는 소년

한때 그는 포근포근한 꽃을 보고 자즈러졌다
자즈러지면서 다음과 같이 말한 것을 기억한다

——자귀나무에 진분홍 솜털 가득 내려앉은 걸 좀 보
아 공작새 깃털처럼 가벼웁고 포근포근한 꽃송이들 더
운 숨 후우 불면 그대로 떠오겠네 자잘한 이파리들 허공
에 떠서 홀린 듯 힘 풀어 버렸네 분홍색 바깥에는 희디
흰 빛무리 져 있어 아득히 가득하네 나무는 둥글게 허리
를 굽혀 공기를 끌어안고 부끄러워하네 바람 없이 그윽
한 날 자귀나무에 진분홍 솜털 가득 내려앉은 걸 보면
멀리 있는 사람 이름 부를 수 없네 부르면 가벼이 떠올
라 흔적 없이 사라질까 봐 거기 그냥 그대로 있게 하네.

지금, 노을 붉은 지중해 저편 하늘로
진분홍 입김 후우 떠올라 속절없이 사라져가는 것을
보며

아아, 그는 소년으로 늙어간다

수평선

　　──춥지?
　　라고 말하자 수평선이 뭉그러졌다

　　시간을 기억하게 하는 찢어진 사진, 쪼개진 거울, 쌍가락지 한 짝, 그런 것들로 수평선을 가득 뭉그러뜨린 저 두터운 안개를 헤칠 수 있다고 생각지 말라
　　수평선 너머, 보이지 않는 시간은, 지금, 여기, 보이는 바람보다 선명하다
　　보이는 바람과 헤어져 돌아올 때 담벼락에 잠깐 기대었다 쓸쓸히 사라지는 내 그림자를 끌어안은 것은 너였다, 수평선 너머, 보이지 않는
　　그날, 밤 깊어 달 떠오를 때, 바닷가에서 수평선 저쪽에 있는 너와 수평선 이쪽에 있는 내가 부둥켜안고 우는 것을 보았다 울다가 멀리 있는 수평선을 끌어당겨 무슨 질긴 동아줄처럼 두 몸에 합쳐 칭칭 감고 수평선 아득한 저쪽으로 깊이깊이 가라앉는 것을 보았다.
　　(아아, 그러나,
　　수평선이 우리를 묶어 놓을 수 있겠니?)

　　──춥지?

라고 말하자 수평선 여러 겹은, 겹쳐서
단단한 무지개가 되었다

알래스카의 하늘에
금강석 같은 무지개 떴다

바다와 고래

바다가 신령스러운 것은 고래가 살기 때문일까

알래스카의 오월, 쥬노에서 스캐그웨이 거쳐
하인즈 가는 길
설레는 물은
검은 향유고래 한 마리 제 무게로 솟구쳐
검은 꼬리 들고, 부챗살 같은
허공을 두들길 때
소스라친다
물이 만약 알을 싸는 순간 있었다면
바다는 지금 허옇게 뒤집혔으리

오래 기다렸다 품는 물은
달다
달고 짜릿한 물은 저 검은 향유고래
붉은 허파 속살 거쳐 터져나온
한숨을 안고 터진다, 폭죽처럼
기다려라!
내 깊이 잠수하기 전, 한 번 더
세상을 울리는 한숨 터뜨리고 사라지리

고래가 신령스러운 것은 바다에 살기 때문일까
바다와 고래가, 서로의 가슴 깊은 곳을 더듬어
흐느끼며 잦아지는 것을 본다
알래스카에서

유월의 시

작은 테이블을 가운데 두고 그들은 앉아 있었다
테라스에는 보라색 페튜니아가 가득 차 있었고
사납지 않은 바람이 깊고 먼 곳에서
쉬고 있었다 흰 창틀에는 부리로 햇빛을 쪼는
새 몇 마리도 앉아 있었다
타히티 섬의 고갱처럼 외딴 곳에서
라흐마니노프의 보칼리스가 들려오고 있었다
가사 없는 성악곡이라니! 그는
말하지 않으려 하고 다만 누구인가
멀리 걸어가는 사람의 뒷모습만 보고 있었다
신기루 같은 미소를 지으며 시간이 갔다
나무들이 조용히 몸을 흔들 때
새소리가 맑은 유리창 속으로 스며들었다
눈부셔 투명한 유리창이 공기처럼 부풀어졌다
그는 말하지 않으려 하고 다만 누구인가
다가오는 사람의 앞모습만 보고 있었다
덜 구운 항아리에 꽂힌 황토빛 침묵이
침묵이라 말하면 깨어질까 봐
안개 속의 상형문자를 그리고 있었다
작은 테이블을 가운데 두고 그들은 보고 있었다

모래 구름 가득한 지평선 저쪽에서
신기루 같은 미소를 지으며 시간이 가는 것을
말하지 않으려 하고 다만 보고 있었다

은그릇의 꿈

그라나다의 한여름 빛과 그늘이 우거진
히네랄리페의 정원에서 그대는 우윳빛
대리석 석상의 어깨를 드러내고
앉아 있다 과즙이 넘치는 쟁반에 담긴
은그릇을 쓰다듬으며 꿈꾸듯
솟구치는 분수를 바라본다
가늘고 긴 손가락으로 건반을 어루만지듯
은그릇을 쓰다듬을 때
떨리는 것은 꽃잎 아니라
지상의 단 하나 목숨인 것을
꽃술 스치는 바람 함께 떨릴 때
그대는 우윳빛 어깨를 드러내고
가볍게 미소지으며 들어올린다
반짝이는 그릇 은빛 고백이 담긴
지상의 단 하나 아린 한숨까지를
과즙이 넘치는 남국의 과일과
몇 송이의 포도가 담긴
은그릇, 고독하지만 행복한
한 하늘 아래, 한 식탁 위에
은그릇은 가슴에 닿는 손길을 끌어안으며

꿈꾼다, 지상의 단 하나
아득한 날을, 기다림의 끝
눈부심의 시작인
몸 아린 날을

멸치떼 속으로

동 트기 전 나 들어가리
알 밴 멸치들이 차가워진 물을 만나 갑자기
미쳐 날뛰는 한가운데로
비린내 진동하는 은빛 비늘을 마구 떨구며
멸치들은 몸부림친다
몇만 볼트의 전류가 바다를 헤집어
쓰린 소금을 피 속에 뒤집어쓴
멸치떼 속에서 몸부림친다
살이 부서지고 비늘이 으깨지는
무서운 축제 속에서
지나온 바닷길은 불길이 되고
돌아갈 바닷길은 화약이 되어
함부로 철버덩거리는 우악스런
아우성, 멸치떼는 이제 멸치떼의
동족이 아니다, 제 몸 비빌 곳 없어
마구 부서지는
번개다, 벽력이다, 소금 지옥이다
눈 뜬 니르바나다
뜨거워요, 무서워요, 소리치면서
아침이 오는 시각 멸치떼들은

튀어오른다, 허망한 창공을 향해
튀어오른다, 낯선 모래 바닥으로
죽어도 좋아, 미칠 것 같애, 소리치다가
뒤집어지고 고꾸라지고
혼절한다
환장하게 눈부신 햇살 퍼질 때
몸속에 가득한 알을 어쩌랴
단 한 번 미쳐 죽는 생의 끝에서
미치도록 아찔한 절정을 향해
쏘아 버린 알들이 싸락눈처럼
아침 바다 하얗게 뒤덮을 때
나 혼절하리
멸치떼 속에서

가문비나무 숲에서

저 컴컴한 가문비나무 숲을 가로질러
고꾸라지고 몸부림쳐 뒹굴어간
폭탄 같은 바람 지나간 자취 보아라
사나워진 피가 거꾸로 일어서
창자에 박힌 가시 뽑지 못하여
시퍼렇게 부릅뜬 눈으로 밤을 밝히며
뜨거운 숨 식식거리며 제 눈알 뽑아 던져
컴컴한 가문비나무 숲을 떡판처럼
짓이겨 놓은 것을 보아라
눈먼 짐승같이 으르렁거리던 검은 욕정은
제 살을 할퀴어 찢어진 파도처럼
허연 속살을 드러내고 울었다
아득한 곳에 그린 듯 꼼짝 않는
달을 보면서 바람은 울었다, 폭탄같이
달을 열고 들어갈 수 없는 바람은
제 날개로 제 뺨을 때리며
고꾸라져 몸을 찢었다, 흰 달의 목구멍이
잘 마른 사막처럼 황량하게 떠올라 있는
밤하늘은 깊었다, 단단하고
막막했다, 여전히 아득히 먼 곳에서

침묵하는 달, 침묵은 달의 자유였고
울음은 바람의 길이었다

바람 잦아져 습기 많은 아침이 온들
저 무너진 가문비나무 숲을 어이하랴
길은 없고 숲은 더욱 캄캄해질 뿐
지상의 목마름들이 미친 새처럼 생기를 얻어
지저귀는 것을 보아라

녹

녹이나 꽉 슬었으면 좋겠네

저 무서운 그리움에
어느 날 군대 같은 녹이 몰려와
퍼렇게 녹슨 금관이거나
뻘겋게 녹슨 칼날이거나
그런 몹쓸 것으로 만들어 버렸으면

어느 날 군대 같은 녹이 몰려와
서귀포나 후포 어느 바다의
고꾸라져 곤두박질치는
파도나 바람들 부서뜨려서
녹슨 별 밭에 뿌려 주기를

허공에 매달린 붉은 감 같은
아찔한 이승의 눈물 한 점에
어느 날 군대 같은 녹이 몰려와
환생의 강바닥에 던져 주기를

자화상

내가 아는 곳은 여기뿐이니
아름답다고 말해야 하나

핏줄에 불끈불끈 용솟음치는
가슴 저린 아쉬움
새벽달 같애

황량한 황홀

눈부셨던 슬픔과
아릿한 어둠
내 삶의 절반은 황홀이었다

티롤 지나며

진분홍 제라늄 화분들이 눈높이에
걸려 있는 마을
모차르트의 클라리넷 5중주 시타틀러의
첫 소절, 혹은
브람스의 현악 6중주 제1번 2악장의
느리고 깊은 도입부를
그려 넣자, 나는, 상처 없는
액자 속으로 물처럼 흘러 들어갔다
이쁘고, 내용 없는 카드 한 장에서
산 벚꽃 스치던 바람 냄새가 났다

——아아, 나는 죄를 짓는 걸까
이렇게 사는 것은 부끄러울까

짓밟힌 꽃들을 사랑하는 시인들이
書記처럼 등을 구부리고 앉아서
칼자국 같은 울음소리를 백지에 기록하는
마을에서 나는 왔다, 날은 흐리고
생철 실로폰 소리 울릴 때
밟을수록 꽝꽝해지는 얼음장

서기들은 일어서서 인동초 화분들을
힘껏 깨부쉈다

그러나, 오늘, 내가 만난 액자에는 물처럼
이쁜, 음악이 흘렀다

하늘 아래 정직을 부끄러움이라 부른다면
세상에 가득 찬 양철 눈물들은 누가
씻어 주리

비밀

나무들이 흐린 숨소리를
울리고
호수가 깊은 곳에서 가만히
떤다

쌉싸름한
아침
숨겨 둔 초상화 같은

끈끈한 바다

밀짚모자 쓴
도다리
눈 끔벅이며
날개 달린 물고기들
구름 속으로
느리게 나는 것을 보고 있었다
미끄덩거리는
물풀 사이로
물뱀장어 같은
진눈깨비 날린다

북국의 저녁

녹슨 시간이 늙은 짐승의 숨소리를 내며
돌아다본다

북쪽 나라의 저녁은 느리고 흐리다, 이런 때
누군들 제 몫의 어둠 쓰다듬지 않으리

썩지 않는 영혼이 어디 있으랴, 한때
생목을 내리찍는 은빛 도끼날이던 것들

흔들다 만 손자국 같은 흔적으로
남아 있다, 아리고 황량한

습기 많은 기억의 저편에
비를 품은 터널이 보인다

귀향

허공에서의 도약, 혹은
물속에서의 자전거 타기 같은 것이었을까

길 끝에 이르니, 길이
자벌레처럼 움츠렸다 펴진다

퇴락한 절집 추녀에 달린 물고기 떨듯
지나온 길은 떤다

쓰르라미가 오래 울고 있다

썩는 추억

—추억도 썩을까?
—썩겠지.

검고 완고한 청춘,
음습하고 당당한 성채,
혹은 청동빛 비명

썩을지라도, 내 지나온 길은
과분하고도
황송했다

트라피스트 수도원에서 만난
좁고 긴 서향창처럼

잘 삭힌 길 위에
서리 내린 아침

맑은 밤

깨끗한 바람이 어둠 속에서
나뭇잎들을 흔들어 보다가
하늘 높은 곳으로 사라진다

——사라진다고? 바람이?
——어둠이? 윤곽이?

검은 호수에 보석 몇 점,
까치밥처럼 영글어 맺힌

누가, 아득한 곳에서, 천 번도 더
입맞춘 이름, 혹은 흔적

——흔적이 무늬가 될 수 있을까?

유리창 말갛게 닦고
선명한 밤의 윤곽을 바라다본다

길 떠난, 혼의
흔적들

가물거리며 빛날 때

——폐허도 아름답지?

길 위에서

갈비살 조금 붙어 있는 뼈다귀 같은
나뭇잎들 쌓인 사이로 게으른 바람 천천히
숨는 저녁나절
나는 이상한 話頭에 사로잡힌다

──지나온 자국이 길이었을까?

허공에 뜬 수련, 공기 속의 비 냄새
그렇게 아련한 것들로 남아 있는
길,
길이 쓰다듬던 말

자작나무 숲은 흔들린다
바닷바람이 일구는 긴 능선을 따라

──길도 울까?

──아니다, 아니다라고 흔들리며
길이 흐느끼는 소리 듣던

아름다운 날, 돌아다본다
아득하던 것들이, 이제, 고요해지려 한다

흐린 하늘과 어둑한 세상이
몸 섞는 곳으로
새떼들이 사라진다

북 치는 마을

길은 감옥일까?

내가 누린 溫柔가
내가 바친 기도였는데

수도원은 보이지 않고
북소리만 들린다

제2부
투명한 슬픔

투명한 슬픔

걷다가 사라지고 싶은 길을 따라
하늘 저편을 올려다보면

너무 투명해서 눈부신 바람이
깃털처럼 나부끼며 둥글어지는 것이
보인다

거기 앉아 있는 새는
햇살을 바라보는 것 같기도 하고
햇살이 새 속에서
숨 쉬는 것 같기도 하다

아지랑이처럼
아슴아슴하게 비껴 사라지는
저것들은?

너무 깨끗해 미칠 것 같은
하늘 끝에
잠자리 날개 같은
슬픔이 걸려 있다

비 그친 뒤

비 그친 뒤
후박나무 넓은 잎 사이
어디서 산새 한 마리
날아와 쉬고 있다

새는 가볍지만
따뜻해 보인다

새 주위에는
비눗방울 같은 공기가
말긋말긋하게
비쳐 보인다

바람 없이 청명한 아침
새 스쳐 가는 바람처럼
아찔한 두근거림
눈물겨워

새 날아간 후
오래 바라본다

가볍고 따뜻한
눈물 자국

어떤 저녁

흔들리는 숲 저편으로
자꾸 멀어지는 마음
아득하여 수평선 따라
흐려지는 어떤 향기 같애

누구 눈썹 같던 난 잎
몇 금도 말라가고

막막한 저녁, 빈 하늘 향해
무연하게 바라다본다
깃털 여기저기 빠뜨린 새처럼

푸슬푸슬 바람 부서지고
녹슨 그리움들 가스라진다

어디로 가야 하나
문 앞에서 길을 놓친다
흔들리는 숲 저편을 따라
잿가루 뿌린 향기 흐려지는
저녁

어떤 평화

조금 떨어진 곳에 얹어 둔
고요
라고 그가 말할 때
향기가 부르르 떠는 것이 보인다
비명 같은 것은 지르지 않고
그냥 웃는다
밤 깊어 고요가 제자리로 돌아갈 때
향기는 소백산 자락에서 만난
별들을 보러
홀로 자동차를 끌고 나간다
희방사 지나 천문대 가는 길
별들이 자두 알처럼 굵고 시리게
번쩍이다 뚝뚝 떨어진다
보이지 않지만 시뻘건 철쭉꽃들도
제 몸 마구 비비다 으스러지는 것을
느낀다, 무서운 고요
라고 말하자 숲이 향기를 이끌고
얼음 안개 같은 어둠으로 이마를 문지른다
문득 조금 떨어진 곳으로 돌아간
향기는 알보다 더 둥근 잠 속으로

가라앉는다, 취하기 전에 술잔을 내려놓는
괴로운 평화 속으로

민들레

저것 좀 보아! 기막히지 않어?
잔디 깎는 트랙터 한바탕 밀고 지나간 다음 날
민들레 피었네, 앉은뱅이 꽃으로
잔디보다 키 크면 안 돼! 크면 짤려!
저희들끼리 쑥덕이면서 민들레들은 아주 얕은 곳에서
토끼 똥만 한 노란 꽃들을 피워 올렸다
나는 민들레가 저렇게 키를 줄여서 피우는 꽃에도
혼이 있을 것이라고 믿어야 할 것인지
식물의 정령이 있다면 싹싹 잘려 나간 발목 근처의 허
공에는
무슨 원혼 깊은 호곡 소리 같은 것이 들려와야 할 것
인지
알 수가 없다, 다만 바람은 오늘 아침 아주 얕게 불고
노랗고 손톱만 한 민들레꽃에서 구슬 같은 아침 이슬
들이
제 무게로 떨어지면서 풀밭을 적시는 것을 보았다
저 작은 꽃에도 혼이 있어서
키 크지 마라! 크면 짤려! 하고 저희들끼리 쑥덕이는
것을
비겁하다고 욕할 수 없다, 나는

그냥, 저것 좀 보아! 기막히지 않어?
라고 중얼거리면서, 낯 붉힌다

못을 쥐고

손바닥에 못을 쥐고 하늘을 본다
어디서 뽑은 못인가
어디다 박을 못인가
이 캄캄한 무명의 허공에
못을 박은들
못을 뽑은들
흔적은 달 가듯이 기울어가고
작은 별 같던 그림자 하나
빈 화선지에 먹물 번지듯
흐려져 아득하게 보석이 되는
그런 죄밖에 지은 것 없네

새벽달 같은

새벽달 같은 사람
하늘에 심어
소쩍새 우는 봄밤
숨어 보겠네

새벽달 같은 사람
풀섶에 심어
원추리 피는 세상
숨어 보겠네

새벽달 같은 사람
가슴에 품고
진달래 무더기 진
마을을 가며

숨어 울겠네
새벽달같이

새벽달 숨어 울 때
함께 울겠네

사람의 마을

어깨 조금 드러낸 산그늘
밤꽃 흔드는 바람

여기서 보면 사람의 마을이
풀씨처럼 작다

돌아간 자리
풀 씨 흩어져

사람의 마을에 불이 켜진다

다리 위에서
— 서정춘 형에게

여기서 보면, ——— 멀다

나는 대꽃 피는 마을을 모르지만
대꽃 피는 마을에서 온 사람 이야기를 안다

나는
꽃 그려
새 울려 놓을 줄
모르지만
지리산 골짜기로 떠난 사람 이야기를 안다

나는 눈물이 덩어리로 엉길 줄 모르지만
흥보가 중에서 가난 타령 한 대목을
무지막지하게 잘 불러 넘기는
상두꾼 아들
한 사람을 안다

여기서 보면, ——— 멀다

바람

슬쩍 건드려 보는 것도
바람이라고 할 수 있을까

떡붕어 입질만큼
바람이 인다

최루 가스 묻어 따가웠던
봄날

개나리 숨구멍 간지르며
바람이 논다

황사 자욱히 몰려오기 전
바람이
제 뺨을 건드려 보는 날 있다

결에 관하여

나무에만 결이 있는 게 아니라
돌에도 결이 있는 걸 알고 난 후
오래된 비석을 보면 손으로
쓰다듬는 버릇이 생겼다

돌의 결에 맞추어 잘 쪼아낸
글씨를 보면
돌을 파서 글자를 새긴 것이 아니라
글자를 끌어안고 돌의 결이
몸부림친 흔적이라는 생각이 든다

지나간 기억들, 거미줄에 걸린
잠자리 같은
파르르 떨다 파득거리다
이제사 먼지 속에 가라앉은 것들
목숨이 제 결을 따라
고꾸라진 흔적이라는 생각이 든다

어느 무거운 밤 내 앞에 있는 목숨
마주 보며 나는

혹 한 번쯤 더 고꾸라질 수 있을까를
생각한다

어느 무거운 밤, 어둠 속에서
오래된 비석 같은
흔적, 결 따라 파인, 쓰다듬을 때
지나간 시간들, 큰 결 따라
흔들리는 무늬였음을 깨닫는다

허무에 기대어

새들이 눈보라처럼 까맣게 솟구쳐 올라

허공 깊은 곳으로 사라졌다

밤바다는 느리고 무겁게 가라앉았다

흐려져, 아주 캄캄해진 수평선 저쪽에

눈부셨던 흰 침묵들 스러진다

허무는 검다

검은 허무는 황홀하여

나비 눈썹 같은 지난 시간들

끌어안고 캄캄한 곳으로

가라앉는다

허무? 아득한 흐림

에 기대어 캄캄한 穹窿을

들여다본다

꿈

손안에 쥐면
갓 낳은 달걀처럼
따뜻할 것 같았지
꽃잎처럼, 목련
꽃잎처럼
매끄러울 것 같았지
혀처럼
부드러울 것 같았지

한때 봉긋하고
수줍었던
봉오리
손안에 쥐니
세상의 사랑이란
살얼음 풀리는 강 저편의
검정 광목 치마 같은
흐린 덫이었음을
알겠다

무당벌레

월드 트레이드 센터가 없어진 날,
무당벌레 한 마리가 자동차 문에서 떨어지지 않는다
이렇게 빠른 속도를 어떻게 견딜까
차를 세우고 가까이 가자
죄송한 표정 남기고 파르륵 날아간다
돌아서니 어깨춤에 또 한 마리 앉아 있다
털고, 밟을까 하다
이 벌레를 누가 만들었을까 생각한다

무당벌레는 제 운명이 경각에 달린 줄도 모르고
태평스럽게 기어간다

황홀한 허무에 이른 길

이숭원

1. 비유의 축

다섯번째 시집 『피보다 붉은 오후』 이후, 조창환 시인은 시적 인식을 심화하고 형상화 방식의 변화를 추구하는 노력을 계속해왔다. 그러한 노력은, 생명에 대한 감사와 경이와 황홀, 그 배면에 도사린 허망과 무상과 연민이 교차하면서 사물에 대한 새로운 시선과 시적 감응을 형상화하는 방향으로 전개되었다. 그 결과 유미주의적이고 인생론적인 경향을 보이던 그의 시는 커다란 굴절·변용·심화·확대의 과정을 밟게 되었다. 54편의 연작시 「수도원 가는 길」과 그 외의 작품으로 묶여진 이번의 시집 『수도원 가는 길』이 바로 그 변화와 갱신을 집대성한 보고서다. 이 시집은, 침침하고 우울한 색조가 주조를 이루는 우리 현대 시단에 맑고 은은한 색조의 생명적 감성의 시를 선보였다는 점에서 우선 그 독자적 가치를 인정할 수 있다. 모든 것이 기호화되고 계량화되어 가는 시대 속에서 인간의 육성이 갖는 진정성을 집중적으로 탐구한 것도 이 시집의 성과로 내세울 수 있다.

조창환의 이번 작품들은 일정한 주제와 그것에 상응하는 표현 방법을 내장하고 있는데 그것이 보여주는 가장 두드러진 변화의 징후는 미학적 재구성이라고 이름 붙일 수 있는 독자적인 비유의 설정이다. 그는 기존의 일상적 인식에서 벗어나 그의 의식이 수용하는 방향으로 대상을 변용하고 재구성한다. 비유의 매개항은 시인의 자의식으로 착색되어 그가 인식한 생의 허망과 황홀, 생의 오묘한 비의를 드러내는 기능적인 역할을 한다.

> 시뻘건 달이 한 아름 넘는
> 지평선 앞에 마주 서서
> 평원을 가로지르는 고속도로를
> 트럭들이 폭포처럼 쏟아져 달려가는
> 저녁 무렵, 동녘 하늘 바라보며
> 소스라친다
> 누구든 꿈꾸었던 땅은 세상에 없구나
> 눈 흡뜬 나무들 늘어선 길 끝에
> 그리움, 꽉 조인 청바지처럼 뻣뻣하다
> 왈칵 고꾸라지는, 총 맞은 병사 같은
> 붉은 밤 속으로
> 고개를 깊이 꺾으며
> 무너진다
>   ──「붉은 밤」 부분

시인이 미국의 고속도로 주변을 여행한 체험이 이 시의 바탕이 되었을 것이다. '시뻘건 달' '붉은 밤'의 이미지가 우선 이국적이다. 이 시에 먼저 제시된 상황은 지평선과 그 앞에 떠올라 지평선과 마주 보는 형상을 취한 붉은 달이다. 그 아래에는 평원과, 평원을 가로지르는 고속도로와, 고속도로를 질주하는 트럭들이 있다. 트럭들은 폭포처럼 쏟아진다고 비유되었다. 이 시에 나오는 비유의 원관념과 매개항들을 정리해보면 다음과 같은 설명이 가능하다.

고속도로를 질주하는 트럭들은 쏟아져 내리는 폭포와 같다. 이것은 꼬리에 꼬리를 물고 계속 이어지는 상황을 나타낸다. 도로 주변의 가로수들은 눈 흡뜬 사람에 비유되는데 이것은 화자가 느끼는 풍경의 낯설음, 이질감을 암시한다. 시뻘건 달이건 폭포처럼 쏟아지는 트럭들이건 눈 흡뜬 나무들이건 화자에게는 두려움에 가까운 이질감을 불러일으킨다. 그런 상황에서 떠오르는 그리움은 "꽉 조인 청바지처럼 뻣뻣"한 상태로 표현된다. 어떤 싱그러운 대상을 그리워하는 풍요로운 연모의 감정이 아니라 이질적이고 거북스럽고 불편한 감각으로 제시되는 것이다. 화자의 의식은 왈칵 고꾸라지는, 총 맞은 병사처럼, 붉은 밤 속으로 고개를 깊이 꺾으며 무너져 내린다. 이 부분의 문장 구조는 '무너진다'의 주체가 '그리움'인 것처럼 읽혀지기도 하고, "왈칵 고꾸라지는, 총 맞은 병사 같은"이 '붉은 밤'을 수식하는 것처럼 읽혀지기도 한다. 그러니까 화자가 무너져 내리기 전에 붉은 밤이 먼저 총 맞은 병사처럼 왈칵 고꾸라진다는 내용으로도 해석할 수 있다. 그러한 이중적 구문이

오히려 이 시의 앰비규이티ambiguity를 높이며 착잡하게 분해되는 자아의 내면을 복합적으로 드러내는 데 기여한다.

'총 맞은'이나 '붉은 피'와 관련된 비유는 「혼」이라는 시에도 나온다. 4·19 체험에 연결되어 있는 이 시에도 "목구멍에 울컥 핏덩이 같은/울한 치밀어 오르는 것일까"라는 대목이 나오고 "총 맞은 혼"이라는 시구도 나온다. "꽉 조인 청바지"같은 그리움 대신에 "풀먹인 햇살 나뒹구는"이라는 표현도 나온다. 천에 풀을 먹인 것처럼 빳빳하게 날이 선 모습으로 부서지는 햇살을 표현한 것이다. 시인은 그렇게 햇살이 부서지는 가을날 사랑과 그리움마저 핏자국 같은 한량없는 길을 따라 나뒹군다고 말한다. 상당히 격렬해 보이는 비유의 매개항들은 생의 고비에서 죽음이라는 절대의 경지와 직면했던 시인의 처절한 자의식을 그대로 대변한다. 이것은 「가문비나무 숲에서」에 나오는 비유의 격렬성과도 연결된다. 이 시에는 "고꾸라지고 몸부림쳐 뒹굴어간/폭탄 같은 바람 지나간 자취"가 나오며, "뜨거운 숨 식식거리며 제 눈알 뽑아 던져/컴컴한 가문비나무 숲을 떡판처럼/짓이겨 놓은 것을 보아라"라는 구절도 나온다. 이 격렬한 비유적 표현들은 겉으로 조용해 보이는 조창환 시인의 내면에 이렇게 고꾸라지고 몸부림치고 싶은 뜨거운 불덩어리가 존재한다는 것을 증명하고 있다.

그러나 시인의 의식이 평정을 되찾고 대상을 정밀하게 조응하게 될 때 다음과 같은 내밀한 은유의 덕목이 실현된다.

> 허공에서의 도약, 혹은
> 물속에서의 자전거 타기 같은 것이었을까

길 끝에 이르니, 길이
자벌레처럼 움츠렸다 펴진다

퇴락한 절집 추녀에 달린 물고기 떨듯
지나온 길은 떤다

쓰르라미가 오래 울고 있다   ——「귀향」 전문

지구 저편에서 누가
얼음낚시를 하나 보다

잎들이 파르르 흔들릴 때
아주 가느다란
숨구멍들이 파닥거린다

팽팽한 빛이
빙판에 튕겨 오르는 허공

붉은 은어 비늘 몇 조각이
손바닥에 떨어진다

아아 지구 저편에서 누가
얼음낚시를 하나 보다   ——「얼음낚시」 전문

「귀향」은 마치 허방을 디디는 것 같은 삶의 불완전성을

"물속에서의 자전거 타기"로 표현한 것도 새롭지만, "길이/
자벌레처럼 움츠렸다 펴진다"는 비유적 상상도 흥미롭다.
헛발만 디딘 듯 현실의 삶에 만족을 얻지 못한 사람이 고
향으로 돌아간다고 할 때 그 귀향의 길이 탄탄대로일 수는
없다. 회한과 자괴로 길은 자벌레처럼 움츠려들 것이고 지
나온 길을 돌이켜보면 삶의 희미한 자취만 가물거리며 맴
돌 것이다. 그것을 "퇴락한 절집 추녀에 달린 물고기 떨듯/
지나온 길은 떤다"고 한 표현은 신선하다.

「얼음낚시」는 잎들이 바람에 흔들리고 잎의 미세한 숨구
멍들이 파닥거리다가 거기 햇살까지 부서져 가늘게 흩어지
는 장면에서 자연의 신비로운 경이감과 생명감을 체득하는
내용을 표현했다. 그런데 이 투명한 청징의 장면을 빙판에
서 은어 낚시를 하다가 은어 비늘 조각이 얼음 위의 허공
에 흩어지는 정경으로 바꾸어 표현했다. 피어오르는 신생
의 엽맥을 보면서 지구 저편의 얼음낚시를 연상한 점이 매
우 독창적이다.

2. 허망의 인식

사람이 삶의 허망함을 인식하는 것은 시간의 흐름을 민
감하게 지각할 때다. 시간이 흘러감에 따라 세상 모든 것
은 변화하며 변화의 과정은 소멸로 귀결된다. 자연이건 인
간이건 개체의 사물은 생성 · 변화 · 소멸의 과정을 거치기
마련이다. 시인은 묘하게도 오줌 누는 행위를 통해 시간의
흐름과 육신의 쇠퇴를 자각하며 삶의 허망함을 깨닫는다.

「오줌 누며」라는 시에서 삼십여 년 전 튼튼한 오줌발로 한 여인의 이름을 쓰던 건강한 청년 시절을 회상한다. 다음에는 칠 년 전 미국 대륙을 자동차로 여행하다가 천천히 오줌을 누던 느긋한 한 시절을 떠올린다. 그러나 육신의 피로를 먼저 느끼는 지금은 약한 오줌발로 그 누구의 이름도 끝까지 쓰지 못할 처지에 이르렀다. 이러한 상황에서 자신이 지나온 길을 돌이켜보니 "녹물 자국 여기저기 묻힌/낡은 벽화" 같고 "함부로 자라다 시든 풀" 같다. 오줌 누다 갑자기 찾아든 이 황량한 느낌에 시인은 망연히 먼 길을 바라본다. 그러한 황량함 속에서도 시인은 "쓰라려 아름다운 바람"이라는 시구를 쓰는 것을 잊지 않았다. 삶의 과정은 쓰라린 것이지만 그만큼 아름답고 아름다운 그만큼 쓰라린 회한이 묻어 있다는 생각이 잠재된 것이다. 이러한 이중적 사고는 다음의 시에서 더 뚜렷한 윤곽으로 표출된다.

　　　잠깐 사이, 평원에 구름 걷히고
　　　무 지 개!
　　　튼튼한 뿌리를 지평선 양쪽에 내린
　　　수만 개의 찬란한 눈알맹이들이
　　　흘리는 눈물들이 이루는 폭포
　　　아아 얼마나 오래전부터 내 속에서
　　　저 눈알맹이들은 하프 소릴 내면서
　　　불타고 있었던 것일까
　　　아아, 또, 그러나, 허공에서 외줄 타던
　　　곡예사가 발 헛디며 추락하듯, 그렇게
　　　순식간에 무너져, 스러지는

무. 지. 개.

허망하므로, 차라리 눈부신
황홀
황량한 고요 속으로

이것 때문에 한 목숨이 그토록
아름다운가   ——「무지개」전문

　시인은 구름 걷힌 평원 지평선 양쪽에 튼튼한 뿌리를 내
린 무지개를 본다. 시인은 찬란한 무지개를 보며 수만 개
의 눈부신 눈알맹이들이 흘리는 눈물의 폭포를 연상하였
다. 그리고 그 외관의 정경은 곧바로 시인의 내면을 울리
는 하프의 현악 소리로 변주되었다. 자신의 내면에서 불타
던 황홀한 선율이 평원에 든든히 뿌리를 내린 찬란한 무지
개로 외형화된 것이다. 그러나 그 찬란한 형상은 안타깝게
도 오래가지 않는다. 오줌발이 힘을 잃어가는 데에는 삼십
년이 넘는 세월이 필요했지만 무지개의 소멸은 불과 몇십
분, 때로는 단 몇 분 안에 이루어진다. 그 눈부신 형상의
사라짐을 시인은 허공에서 외줄 타던 곡예사가 발 헛디뎌
추락하는 비극의 장면으로 연상했다. 그렇게 허망하게, 그
렇게 안타깝게, 찬란한 경관은 지상에서 자취를 감춘다.
이것은 지상에서 생명의 꽃을 피우다 모습을 감추는 모든
개체의 운명과 같다. 지상의 모든 존재들이 그 나름의 의
미와 빛을 지니는 것은 정해진 시간이 지나면 단 하나의
예외도 없이 지상에서 사라질 운명을 갖고 있기 때문은 아

닐까? 그래서 시인은 "허망하므로, 차라리 눈부신/황홀"이라는 시구를 썼다. 인간 역시 한순간이나마 생명의 황홀한 꽃을 피울 수 있는 것은 허망한 소멸이 약속되어 있기 때문인지도 모른다. 한 목숨이 그래도 이만큼 아름다운 것은 그러한 허망한 소멸 때문이라는 인식은 다음의 시에도 뚜렷한 영상으로 착색되어 나타난다.

새들이 눈보라처럼 까맣게 솟구쳐 올라

허공 깊은 곳으로 사라졌다

밤바다는 느리고 무겁게 가라앉았다

흐려져, 아주 캄캄해진 수평선 저쪽에

눈부셨던 흰 침묵들 스러진다

허무는 검다

검은 허무는 황홀하여

나비 눈썹 같은 지난 시간들

끌어안고 캄캄한 곳으로

가라앉는다   ──「허무에 기대어」 부분이 시는 바다에 어둠이 물들면서 새들이 허공으로 까맣게 날아올랐다가 사라지고 깊은 어둠이 느리고 무겁게 가라앉는 장면을 보여준다. 캄캄한 수평선 저쪽에 "눈부셨던 흰 침묵들 스러진다"는 시행에 삶을 대하는 시인의 의식이 담겨 있다. 짙은 어둠은 낮 동안의 눈부신 침묵의 시간을 내장하고 있다는 것, 검은 허무는 황홀한 생명의 시간을 함축하고 있다는 것이 그것이다. 그렇기 때문에 "검은 허무는 황홀하여"라는 시행이 도출될 수 있다. '나비 눈썹' 같은 신비롭고 섬세하고 유약한 시간의 편린을 보듬은 시간의 항해는 어떤 미지의 어둠으로 지속되고 있다. 여기서 우리는 시인이 생의 비의(秘義)에 대한 독특한 자기 인식을 갖고 있음을 파악하게 된다.

3. 생의 비의를 향한 탐색

세상을 살아가다가 어떤 고비에 부딪히면 사람들은 산다는 것이 무엇이며 자신이 인생을 어떻게 살아왔는가를 돌이켜보게 마련이다. 어떤 사람들은 이 문제에 대해 잠깐 생각하고 말지만 자기 성찰적인 사람들은 상당히 신중한 사색을 하고 그 과정에서 남들이 미처 깨닫지 못한 삶의 어떤 미세한 국면을 포착하는 수가 있다. 거기서 발견되는 생에 대한 미묘한 깨달음은 다른 사람들이 간과해온 삶의 내밀한 요소이기에 그것을 다소 과장되게 생의 비의라고 이름 붙여도 좋을 것이다.

「수도원 가는 길」 연작 54편은 생의 비의를 탐구하는 여로의 기록이며 정화의 공간을 찾아가는 구도자의 여정에 해당한다. 그것이 이 시집 전체 시편을 관통하는 테마이기도 하다. 물론 그 구도의 여정이 연작시의 종결로 완결되는 것은 아니다. 연작의 마지막 작품인 「북 치는 마을」에서 "수도원은 보이지 않고/북소리만 들린다"고 밝힌 것처럼 구도의 여정은 여전히 진행형으로 남아 있다. 그러나 연작시 전체가 시인이 지향하는 일관된 의식의 범주에 포섭되는 것은 분명하다.

조창환 시인은 언제 보아도 조용하고 입가와 눈가에 웃음을 잃지 않는, 온화한 성품의 사람이지만, 그의 내면에는 활화산처럼 이글거리며 터져나오려고 하는 어떤 절실한 욕구가 감추어져 있는 것 같다. "핏줄에 불끈불끈 용솟음치는"(「자화상」) 무엇인가가 그의 내면에 응어리져 있고 그것은 어떤 조정의 경로를 거쳐 그의 시 속으로 용해되어 간다. 때로는 "단 한 번 미쳐 죽는 생의 끝에서/미치도록 아찔한 절정을 향해"(「멸치떼 속으로」) 몸부림치고 부서지다 혼절하는 자기 투신의 극단을 상상하기도 한다. 이루어지지 못한 내면의 분출은 무의식의 심층에 가라앉게 되는데 그것은 시라는 표현 양식을 통해 의식의 표층에 떠오르게 된다. 그는 객관적인 대상을 새롭게 조명하여 색다른 의미를 부여하는 방법으로 자신의 내적 욕구와 그것의 해소 과정을 표현하였다. 그것이 「항아리」「누에」 등의 시에 나타난 대상을 통한 자기 인식의 방법이다.

　　가슴속에 항아리 하나 품고

평생을 어루만지며 사는 사람이 되려
나는 얼마나 많은 것을 일찍이 포기했던가

깊고
따뜻하고
부드러운
어둠을 껴안기 위해
나는 번쩍이는 도끼를 버렸다

그런데, 이제, 항아리 속을 들여다보니
거기 담긴 것은 어둠이 아니었다
부서진 꽃, 흩어진 뼈, 몇억 몇천만 년의
고독과 침묵
그런 것들이 그르렁거리며
몸부림치고 있었다

항아리를 차라리
가슴속 깊은 곳으로
밀어 넣고, 오늘부터
내가 항아리가 되었다

항아리가 된 나를
어둠의 깊이와 따뜻함과
부드러움을 사랑하는 누가 와서
쓰다듬어 다오
내가 눈물로 그르렁거릴 때

그대는 우웅우웅 운다고 말하며
부드럽게 어루만져 다오   ──「항아리」부분

　이 시에서 확인되는 것처럼 그는 지금 우리가 대하는 편안하고 온유한 조창환 시인이 되려고 '번쩍이는 도끼'를 버리고, 수많은 '고독과 침묵의 몸부림'을 가슴 깊이 밀어 넣어 둔 것이다. 그 과정에서 아름다운 꽃이 피었다 부서지기도 하고 단단한 뼈가 삭아 흩어지기도 했다. 이런 무수한 시련과 인고의 과정을 거쳐 부드럽게 울리는 둥근 항아리가 형성된 것이다. 그러니 항아리의 겉모습만 보고 부드러움을 말해서는 안 된다. 그 부드러움이 형성되기까지의 수많은 고독과 인고의 세월에 대한 직관적 이해가 선행되어야 한다. 그의 겉모습이 항아리이듯이 그가 쓰는 시도 항아리와 같다. 겉으로는 어둠 속에서 따뜻하고 부드럽게 울려나오는 노래 같지만 사실 어둠의 심연 너머에는 '눈물로 그렁렁거리는' 그리움과 아쉬움의 세월이 응축되어 있는 것이다.

　이와 같은 생각은 「누에」에 그대로 이어져 형상화된다. 누에는 고치 속에 잠들어 있는 것 같다. 사람들은 누에들이 그저 시간을 죽이고 있다고 생각할지 모른다. 그러나 죽은 듯 잠자고 있는 누에들 역시 "쓰라린 어둠 속에서/울다가 싸우다가 지쳐 고꾸라"지는 피눈물의 세월을 견뎌온 것이다. 그런 의미에서 시인은 누에가 벗는 허물이 "싸우다 지쳐 쭈그러진 주름"이라고 생각한다.

　이러한 발상은 「결에 관하여」라는 시에서도 발견된다. 시인은 비석에 새겨진 글자를 볼 때 단순히 돌에 글자를

새겨 넣었다고 생각하는 것이 아니라 "글자를 끌어안고 돌의 결이/몸부림친 흔적이라는 생각이 든다"고 고백한다. 말하자면 돌이 내장하고 있는 수많은 기억의 흔적이라든가 고독과 시련과 침묵의 무늬들이 목숨의 결을 따라 돌의 표면에 형성된 것이라는 생각이다. 이것은 무정물인 돌까지 유정한 대상으로 바꾸어놓는 상상이다. 그러한 상상의 회로 속에 자신의 목숨은 어떠한 무늬로 돌 속에 새겨질 것인가를 명상하기도 한다.

그러면 앞에서 파악한 허망의 인식과 생의 비의에 대한 인식과는 어떠한 관계가 있는 것일까? 그가 인식한 '삶의 황홀과 허무한 아름다움'은 그가 지금까지 거쳐온 사랑의 체험과 연관되어 있는 것 같다. 말하자면 사랑과 그리움이 허무의 인식과 직결되고 그것이 생의 비의에 대한 인식으로 이어지는 것이다. 그러한 이해의 단서를 제공해주는 시가 「독약 같은」이다.

먹을수록 허기지는
순금의 탄식이다

시퍼런 면도날 하나로
썩둑 그어 버린
모닥불이다

수정 구슬 속의
번개 자국이다

저 무명의 캄캄한 살 속에
들이붓는

독약 같은
그리움   ——「독약 같은」 전문

   왜 그리움은 먹을수록 허기지는 순금의 탄식이고 수정 구슬 속의 번개 자국일까? 더 나아가 그것은 왜 독약 같은 것일까? 사랑과 그리움의 극단까지 다가간다 하더라도 사람은 자신이 진정 사랑하는 것을 얻을 수가 없다. 우리가 사랑하는 것이 시간의 흐름에 따라 늙어가고 결국은 생명이 종식되어 티끌로 사라질 허망한 육신일 수는 없다. 어쩌면 사랑이란 구체적 대상에 대한 소유의 관념이 아니라 추상적 본질에 대한 영원한 갈망일지 모른다. 우리는 가시적 현상에 접할 수 있을 뿐 대상의 본질은 보지도 못하고 그것에 접촉할 수조차 없다. 따라서 모든 사랑과 그리움은 허무를 내장하고 있는 것이다. 아니 어쩌면 사랑과 그리움이 허무의 본질일지 모른다. 이 시에 보이는 무섭도록 격렬하고 선명한 그리움의 감정들, "수정 구슬 속의 번개 자국"이나 "순금의 탄식" 혹은 "면도날로 썩둑 그어 버린 모닥불" 같은 극한의 순수성은 바로 그 허무의 비의를 찾아 내려는 시인의 치열한 의식을 상징적으로 드러낸다. "독약 같은/그리움"의 아이러니로 표현되는 상황 설정이 존재의 허무를 배태하고 있는 것이다.
   조창환 시인의 내밀한 명상은 자연의 투명한 정경을 대상으로 하여 생의 비의를 엿보는 자리에 도달한다. 이것은

어둠 속의 무수한 고독과 시련과 침묵을 내장한 채 원만한 외양을 드러내는 항아리의 몸짓을 닮으려는 시도다. 「비 그친 뒤」 「투명한 슬픔」 등의 시에 나타나는 정갈한 조응의 자세는 그가 지향하는 생의 윤곽이 어떤 것인가를 비교적 선명하게 드러내고 있다.

>   걷다가 사라지고 싶은 길을 따라
>   하늘 저편을 올려다보면
>
>   너무 투명해서 눈부신 바람이
>   깃털처럼 나부끼며 둥글어지는 것이
>   보인다
>
>   거기 앉아 있는 새는
>   햇살을 바라보는 것 같기도 하고
>   햇살이 새 속에서
>   숨 쉬는 것 같기도 하다
>
>   아지랑이처럼
>   아슴아슴하게 비껴 사라지는
>   저것들은?
>
>   너무 깨끗해 미칠 것 같은
>   하늘 끝에
>   잠자리 날개 같은
>   슬픔이 걸려 있다   ——「투명한 슬픔」 전문

시인의 상상력은 항아리처럼 둥글고 붓끝처럼 유연해서 눈부신 바람이 깃털처럼 나부끼며 둥글어지는 것까지 보고, 햇살이 새의 살 속에서 숨 쉬는 것까지 감지한다. 그는 지금 "걷다가 사라지고 싶은 길을 따라" 걷고 있고 하늘 저편을 올려다보고 있다. 시인에게는 모든 산책로가 그러한 길로 비칠 것이다. 이미 항아리의 평정 속에 자연의 투명한 슬픔을 온몸으로 받아들일 준비가 되어 있기 때문이다. 시인의 그윽한 눈길에 투명한 하늘 저편에 아지랑이처럼 아슴아슴하게 비치다 비껴 사라지는 무엇인가가 들어온다. 걷다가 사라지고 싶은 길이니 저쪽 햇살 끝으로 깃털처럼 가볍게 새가 날아갔을 수도 있고, 우리 영혼의 일부가 사라져갔을 수도 있다. 무엇인가가 나타났다 사라져간 하늘 끝에 "잠자리 날개 같은/슬픔이 걸려 있다"고 시인은 적었다.

이 투명한 슬픔이 바로 그의 시적 탐색이 포착한 존재의 실상이다. 그것을 보다가 세상을 끝장내도 좋을 정도로 투명한 아름다움은 그 자체로 슬픔을 머금고 있다. 이 혼탁한 세상에 그러한 아름다움이 존재한다는 사실이 슬픔이다. 그리고 그 아름다움은 오래 지속되지 않는다는 사실이 슬픔을 자아낸다. 그뿐 아니라 그 아름다움을 인식하는 인간이 소멸의 운명을 벗어나지 못한다는 사실이 또한 슬픔을 자아낸다. 그런 점에서 '투명한 슬픔'은 '황홀한 허무'와 통한다. 조창환 시인의 오랜 시적 여정은 황홀한 허무에서 생의 비의를 발견한 것이다. 그리고 그 탐색의 여정은 여전히 진행형 속에 놓여 있다. 그의 탐색이 새로운 지평 위에서 더욱 눈부신 빛을 발하기를 빈다. ▨